KB116194

내 안부를 내게 묻는다

책 만 드 는 집
시인선 220

내 안부를 내게 묻는다

김순분 시집

책만드는집

내 인생에 정답은 없었다
끊임없이 도전하다 보니
가리늦가 친구 같은 시조를 만났다
북극성으로 빛나는 길 위에서

2023년 여름
김순분

| 차례 |

2부

3부

4부

5부

1부

의자

나무의
어깨에는
바람이
앉아쉬고
꽃의
입술에는
나비가
앉는자리
내마음 깊은곳에는
참 사랑이
앉는다

의자

나무의 어깨에는 바람이 앉아 쉬고
꽃의 입술에는 나비가 앉는 자리
내 마음 깊은 곳에는 참사랑이 앉는다

갈피에 묻다

다 피지도 못하고 청춘의 꽃 꺾어졌다
퍼붓는 소낙비에 사정없이 쓸려 가는
세차게 끌어당겨도 잡지 못한 꿈 하나

순수한 넋이 깃든 하얀 동백 봉오리
울부짖는 골짜기에 메아리로 파고들어
애절한 마음만 쌓여 바닥에서 시든다

헤프던 눈웃음이 바위 속에 숨어들어
펼칠수록 멍 자국은 선명하게 다가오고
눈물을 삼켜가면서 가슴으로 우는 새

봄을 만나다

발신자를 몰라서 전화를 끊으려다
육십 년을 뛰어넘은 친구를 만난다
반가워 벅찬 가슴이 넘나드는 둔덕에서

우리만이 알 수 있는 끊임없는 이야기가
풀숲을 뒤적거려 봄나물을 찾아내듯
추억의 새싹을 캐는 하얀 머리 소녀들

물꼬를 점검하다

물길이 막힌 걸까 봇도랑을 살피다가
혈압계에 팔을 넣고 초조하게 기다린다
빨간불 깜박거리며 울리는 경고등

뜻대로 되지 않아 안달하던 많은 날들
메마른 채 팽개쳐진 맹지는 없었는지
지난 일 되짚으면서 사각지대 살펴본다

금이 간 바닥을 만지고 달래가며
알찬 열매 맺기를 바라는 마음으로
발 디딜 틈이 없어도 내가 길을 열고 간다

철쭉꽃 지던 길

지금은 다 버리고 홀로 앉은 저 세상
뻐꾹새 울음소리 이명으로 남았는데
꽃씨도 심지 못하고 널브러진 지난날

천둥소리 울림에 흔들리던 나뭇가지
참고 있던 강물은 속으로만 흘러가고
바람이 모퉁이 돌아 발자국을 지운다

지난 세월 물보다도 불보다도 진했었네
까맣게 태웠지만 타지 못한 미련들만
어두운 물그림자에 마른 달빛 띄운다

은행나무 풋사랑

웅크린 비밀들을 잎새가 밀어내고
얼떨결에 잡힌 손목 뿌리치지 못했는데
낱낱이 들어앉아서 이야기로 자라난다

손에 손을 맞잡은 채 작은 깃발 흔들고
오달지게 달려 있는 성급함을 늦추면서
오월의 햇살 받으며 황금알을 꿈꾼다

디딤돌

댓돌 위에 쏟아지는 빗줄기가 세차다
스멀대는 기억들이 이리저리 휘날리며
아버지 큰 기침 소리 장대처럼 일어선다

열두 식구 신발을 가지런히 놓으시며
아직도 그곳에서 등이 굽은 모습으로
묵직한 날들을 밟고 바닥에 서 계신다

마음 비우기

구겨서 던져 넣은 알량한 자존심도
상처로 흘러내린 비릿함도 받아내고
구석진 자리 지키며 침묵하는 쓰레기통

주는 대로 받고 보니 속내가 시끄럽다
더부룩한 배 속에서 요동치는 발길질
도저히 참을 수 없어 한꺼번에 게워낸다

분노는 분노대로 상처는 상처대로
분리하며 어루만져 존재감을 훔치면서
어둠을 쏟아버리고 해바라기꽃 피운다

빈틈을 맞추다

삐걱이는 책상 다리 이리저리 맞추려고
기우는 쪽 틈새에다 끼워 넣은 공감대
서로를 이해한다는 건 눈높이를 맞추는 것

의견이 맞지 않아 티격태격 싸우다가
한 발짝 물러서니 그림자도 다 보인다
평평한 바닥에 서서 심호흡을 해본다

서랍

잃어버린 열쇠 하나 찾으려고 열어보니
멀뚱멀뚱 쳐다보며 옹기종기 모인 것들
찾던 손 잠시 멈추고 옛 기억을 더듬네

손때 묻은 동전 지갑 흐릿해진 돋보기
하나씩 들춰보며 지나온 길 따라가니
비우고 쓸어 담았던 시간들이 숨 쉬네

한 칸쯤 비워내고 내일을 담아볼까
신선한 공기 한 줌 골고루 섞으면서
수북이 정을 담아서 차곡차곡 간추리네

액자

빛나는 기억들을 벽에 옮겨 심었더니
침묵의 순간들이 온몸을 뒤척이며
물살에 떠밀려 가는 발걸음을 되돌린다

창밖으로 출렁이는 바다를 바라본다
유년의 배 한 척이 붙박여 있는 곳
흰 파도 노를 저으며 시간여행 떠난다

거울에 펼쳐본다

앞면을 비추는데 뒷면이 훤하다
숨기고 싶었지만 고개 내민 주름살
달려온 몇천 리 길도 꾸밈없이 드러난다

물거울 호수에다 산 하나 그려 넣고
수직으로 파고드는 풍경을 품어 안아
깊이를 알 수 없지만 분위기를 입힌다

멀어져서 아득한 그 시절을 생각한다
내 얼굴에 스며 있는 엄마 얼굴 바라보며
가슴속 접어두었던 친근함을 꺼낸다

오카리나

너와 나 마주하는 얼굴이 낯설어서
똑바로 볼 수 없어 만져보고 뒤져본다
수없이 오르내리던 음계가 맺은 인연

목청껏 불러봐도 먼 산만 바라본다
갈대가 휘어지듯 대답은 어긋나고
중심을 잡지 못한 채
제 갈 길에 바쁘다

어르고 달래면서 두 손으로 품어본다
제자리 앉지 못한 날들의 신음 소리
삑사리 틈새를 찾아 찬 바람도 막는다

다시 찾은 목도장

장롱 속 오래된 이름 하나 불러보니
화려했던 지난날 회상하며 누워 있네
아무도 찾지 않아서 기척 없이 있었다고

세상 밖 나와 보니 무뎌진 얼굴 윤곽
다시금 손질하니 옛 모습 살아나네
꽃단장 빨간 입술로 새 출발을 준비한다

2부

한
겨울
은행나무가
옷을벗고 떨고있다
죠금만 참아주렴
곧 봄이올거야
키작은 동백나무가
입김으로
녹여준다

위
로

위로

한겨울 은행나무가 옷을 벗고 떨고 있다

조금만 참아주렴 곧 봄이 올 거야

키 작은 동백나무가 입김으로 녹여준다

아침을 이식하다

새벽에 피는 안개 돋는 해를 감싸며
까무룩한 시간들을 잡아맨 말뚝 찾아
숨찬 길 헐떡이면서 솟는 힘을 펼친다

부스스 눈을 뜨는 호기심을 끌어안고
어르고 달래면서 접힌 깃 바로 펴며
아쉬움 뽑아낸 자리 새 희망을 심는다

바랭이풀

뙤약볕 뒤집어쓰고 가뭄 속을 기어간다
흥건한 땀방울로 갈증을 씻어가며
순간을 몰아쉬면서 푸른 웃음 날린다

마디마디 꺾으면서 느릿하게 가는 걸음
앙버틴 날들이 희망을 잡아끌고
넓은 들 터 잡아 가며 지칠 줄을 모른다

마음으로 보다

밖에는 황사바람 내 눈엔 모래바람
따갑고 건조하여 눈조차 뜰 수 없는
시야에 갇힌 말들이 안개 속을 헤맨다

내 마음 궂은 날은 맑은 날도 뿌옇고
마음이 밝은 날은 흐린 날도 환해진다
흐리고 맑다는 것은 내 마음의 일기 예보

우수는 흐른다

얼었던 아린 눈물 녹아서 떨어지니
멀리 있는 우듬지도 덩달아 하품하고
빗장을 열어젖히며 막힌 벽을 뚫는다

감정의 골 걷어내고 텃밭을 일구면서
한마음 한뜻으로 새 눈을 틔워내던
청보리 푸른 희망이 지평선을 넘는다

책장을 깨우다

지나온 흔적들을 간추려 꽂는다
집어넣고 끼우면서 밑줄 그은 내용들도
제목이 감싸 안으며 묵묵히 기다린 날

시집 한 권 뽑아 들고 침전물을 흔들면서
뿌옇게 번져가는 시인이란 이름 찾아
가슴에 접어두었던 모서리를 펼친다

시린 눈 참아가며 꽃 필 날 기다리며
흐릿해진 활자들을 돋보기로 당겨본다
밤새워 불 밝히면서 이어가는 새벽하늘

여우 목도리

허전함 달래려고 네 입김을 두른다
매섭게 파고드는 찬 기운 막아내며
온몸을 둥글게 말아 시린 목을 감싼다

꼬리가 머리 되고 머리가 꼬리 되어
앞뒤를 이어가며 그려보는 동그라미
맞물려 돌아간다면 한겨울도 봄날이다

어묵탕

꼬치 낀 수다들을 뭉근히 베어 물고
따뜻하게 쓰다듬는 손길로 정을 담아
짓눌린 응어리들을 품어 안아 올린다

오가는 길손들을 잡아끌어 앉힌다
구수한 입김에 추위도 녹아들고
인심을 우려낸 맛이 시린 속을 달랜다

양은 주전자

한여름 뙤약볕에 김을 매던 아버지
막걸리 가득 채운 주전자 들고 가면
벼들도 흥에 겨워서 콧노래를 부른다

구성진 노랫가락 논바닥에 파고들어
손톱에 끼어 있던 고단함 씻어내면
힘들던 농사일들도 술술술 풀어진다

까마귀의 지침서

아침마다 들려오는 까마귀 우는 소리
오늘의 스케줄을 큰 소리로 읽어주며
특별한 목록도 없이 관심만 끌고 있다

헝클어진 날들을 간추릴 때 되었다고
장마가 지나간 뒤 이곳저곳 가리키며
책장을 넘겨가면서 훈수까지 두고 있다

머뭇거리다

컴퓨터를 못하니 눈뜬장님 따로 없다
가까운 길도 돌아가고 가벼움도 무거워져
엄지족 주위를 돌며 눈치만 보고 있다

세상사 변해가는 속도를 따라가다
허둥대는 발걸음은 쉴 곳만 찾고 있어
우물 안 개구리 되어 하늘만 쳐다본다

시어를 놓치고

생각에 몰입하다 순식간에 빠져나간
언어들이 허공에서 물고기로 떠다닌다
잡으려 안간힘 써도 잡히지 않는 문장

창백한 지면에서 중심 잃은 낱말들
사방으로 흔들리며 멈출 곳을 찾지 못해
움츠린 가슴을 열어 생채기만 낚는다

칡넝쿨

왼쪽을 말하는데 오른쪽을 바라본다
꼬이면서 가다 보니 얼크러진 한길이다
세월이 오고 간 뒤에 도드라진 그 무늬

삶이라는 나무에다 온몸을 감아올려
세상을 바라보니 굵은 선만 뚜렷하다
강인한 생명력으로 우뚝 솟은 발자국

소나기 위문단

목이 타던 가문 날에 반가운 손님이다
천둥과 번개까지 몰고 온 그 까닭은
한 발짝 늦게 도착해 성급해진 탓일까

내리치는 빗줄기에 정신이 번쩍 나서
백 일을 기도하던 배롱꽃도 내다보며
이벤트 깜짝 공연에 박수갈채 보낸다

3부

바람
우체부

벚꽃잎이 하늘하늘

떨어지는
봄날에
수취불명 편지들이
날늘고 있었는데
바람이 피는 날으며
전해주는
연서들

바람 우체부

벚꽃 잎이 하늘하늘 떨어지는 봄날에
수취 불명 편지들이 넋 놓고 앉았는데
바람이 페달 밟으며 전해주는 연서들

버들피리를 불다

물오른 버들가지 속살을 발라내고
입김을 불어 넣자 소리로 일어서서
옆으로 바짝 다가와 속삭이는 귀엣말

끈질기게 잡고 있던 욕심을 비워내니
리듬이 살아나서 주고받는 춤사위
실개천 어루만지는 봄날에 젖는다

말할 수 없는 비밀

입가에 묻어 있는 친절함도 속임수도

마스크가 삼켜버린 애매한 명암이다

민낯을 마주하는 날 드러날까 그 속내

겨울 다대포

거친 파도 팽팽하게 당겨 매는 수평선
갈매기 추임새에 두려움을 벗어던진
외줄을 타고 오르는 어름사니 고된 하루

장산계곡의 봄

개울가 버들개지 게슴츠레 눈 비비고
잠자는 피라미들 흔들어 깨우면서
물소리 담아내려고 닫힌 마음 허문다

무뚝뚝한 바위들은 침묵으로 시를 쓰고
푸른 천 펼쳐놓고 봄을 깁는 소나무들
봉우리 눈앞에 두고 발걸음만 더디다

임자도

서해의 잎맥 따라 천사도 아우르는
대파밭 민어 울음 바다를 수놓으며
풍년을 낚아 올린다 휘어지는 수평선

긴긴 해에 매운 파도 이랑을 고르면서
대광 해변 이십 리 길 내 집인 듯 드나들고
아침 해 저녁노을도 임자 품에 안긴다

가을걷이

잎새가 떠난 뒤에 들어앉은 발자국
그늘을 들추면서 조율하는 산들바람
뙤약볕 갈채 속에서 풍년가를 부른다

떫은맛도 익히면서 달달하게 바꾼 손길
차곡차곡 쌓아 올린 날들이 영글어서
낟가리 사이사이에 웃음소리 탱탱하다

인수봉에게 묻다

틈 하나 내달라고 송松씨가 애원해도
들은 척도 하지 않고 허공만 바라본다
한길만 고집하면서 꿈쩍 않는 인수봉

하늘의 높낮이를 길손마다 재고 가도
북한산에 깊숙이 앉아 역사만 기록하네
내 안에 나를 가두고 살아온 수천 년

막고 또 막고

일상을 흔들면서 소리 없이 찾아와서
파장을 일으키며 딴전을 피워가며
곳곳에 파고들어 가 불안을 퍼뜨린다

눈 막고 입도 막고 코 막고 틈도 막는
답답한 마음까지 요리조리 돌려 막아
마스크 높은 장벽이 인심까지 막는다

몽돌 가족

수억 년을 한결같이 온몸으로 돌려 막고
모난 부분 깎아가며 둥글어진 집성촌
서로를 추켜세우며 응원가를 부른다

슬픔도 짠 내음도 물보라로 걷어내고
밀물과 썰물에다 비벼온 세월 앞에
파도도 맞장구치며 불러보는 그 노래

한여름의 진눈깨비

코로나 진정되면 만나자던 그 친구
목소리 아직도 귓전에 맴도는데
간밤에 떠나갔다는 비보를 듣는다

이 땅에서 놓지 못한 말들이 허둥대며
달팽이관 울리면서 이명으로 박히고
내 손을 꽉 잡으면서 질척하게 따라온다

이제는 느슨해져 살맛 난다 하였는데
그늘을 비추던 빛 순식간에 사라지고
삼복의 무더위에도 한기가 몰려온다

리모델링하다

구석에서 숨죽이며 말없이 있었구나
세력을 넓혀가다 맞닥뜨린 한계인가
한쪽을 도려내 보니 커져 있는 덩어리

답답하다 소리치며 엉겨 있는 실타래
한 올씩 잡아당겨 햇볕에다 풀어놓고
아프다 말하지 않는 침묵을 헤아린다

기울어진 무게중심 호흡으로 가다듬어
가슴속 우듬지에 등불을 내다 걸고
빈자리 찾아가면서 희망 가득 채운다

초원을 생각하다

집 안에 들어서면 반겨주는 가죽 소파
커다란 눈 껌벅이며 넓적한 등 내어주는
거실에 누워 있는 소 그의 품에 기댄다

먹구름 밀어내고 햇살을 안으면서
초원의 중심으로 달려가는 웃음소리
별처럼 박힌 날들이 가슴으로 쏟아진다

오래된 밥집 같은 냄새가 감겨드는
푸근한 그 속내를 들판에다 풀어놓고
닫아건 세상을 열고 고향으로 달려간다

동행

신발장 안쪽에서 하염없이 기다리다
외출이란 한마디에 표정이 밝아지며
어느새 한 몸 되어서 가볍게 길을 간다

땅바닥 투정까지 묵묵히 받아주고
산길도 들길도 가뿐히 아우르며
험한 길 짓눌림에도 씩씩한 나의 단짝

4부

꽃차를
심다

찻잔에다 국화꽃을
넣어놓고 바라본다
따뜻한 물 한잔이
흙이 되어 스며들고
생기로 돋는 꽃잎에
앉아 쉬는 눈빛 나비

꽃차를 심다

찻잔에다 국화꽃을 심어놓고 바라본다
따뜻한 물 한 잔이 흙이 되어 스며들고
생기로
돋는 꽃잎에
앉아 있는 눈빛 나비

커피를 마시며

굳어진 틈새들을 갈색으로 녹이면서
복잡한 생각들은 바다에 펼쳐놓고
윤슬을 바라보면서 내가 묻는 내 안부

이끼꽃

젖은 날이 많아서 참 춥겠다, 너는

촉촉한 꿈 한가득 품고 있어 난 괜찮아

환하게 꽃 피울 날을 당겨보는 우담바라

지지대

고목의 굽은 가지 버팀목이 받쳐주고
힘없이 휘청일 때 지팡이가 잡아준다
마음이 아플 때마다 토닥이던 그 손길

퀵 서비스

매일 아침 카톡으로 배달되는 시조 한 편

노트에 옮기면서 가슴으로 읽는다

하루의 마중물이다 첫걸음을 내딛는다

포스트 잇post-it

부르고 싶은 이름들이 생각나지 않아서

빼곡히 줄을 세워 냉장고 문에 붙인다

비밀을 다 들춰내며 수다를 떨고 있네

황새마을

배다리 고개 마을 이십 리 길 찾아가니

옛사람 하나 없어 이방인이 되었네

내 맘속 황새 떼들은 아직도 날고 있는데

옛집 대문

너를 열고 들어서니 봄기운 가득하다
매화꽃 버선발로 후다닥 뛰쳐나와
부둥켜 얼싸안으며 반가움을 버무린다

오랜만에 와본 내 집 고스란히 남은 손길
희미한 낙서가 새잎처럼 돋아나서
지난날 입춘대길이 추억만 가두었네

안과 밖 경계선에 웅크리고 서 있던
헐거워진 갈등도 믿음으로 막아내며
닫아건 지난날들을 가슴으로 활짝 연다

민들레와 나

보도블록 비집고 핀 민들레꽃 바라본다
목숨까지 위태로운 불안한 곳에서도
속내를 감추어가며 밝게 웃는 그 모습

발붙일 틈이라도 있다는 건 축복이야
응달지고 비좁아도 집 걱정 하지 않는
해맑은 민들레 얼굴 부럽기만 한 봄날에

동백꽃 자서紫書

눈보라 각을 세워 가슴팍을 엡니다
쏟아지는 붉은 눈물 땅바닥을 적시고
울 엄니 시집살이가 냉골 방에 뒹굽니다

자식 사랑 한 줌으로 언 손을 녹이면서
속울음 삼켜가며 꿈을 섞은 밥상 위로
동박새 울음소리가 세월을 물어 옵니다

신문을 펼치다

얼룩진 바깥 풍경 입김으로 닦아내고
흩어진 활자들을 다듬고 간추려서
어둠을 열어젖히니 다가오는 하루 햇살

돋보기로 잡아당겨 지면을 써레질하고
세상사 일어나는 사사로운 일들까지
두께와 무게를 재며 구석구석 살펴본다

은석골을 그리다

내남산 봉우리에 꾀꼬리 형제바위
뻐꾸기 울음소리 실개천 따라가고
허기도 말갛게 씻어 초록을 안겨주던

향나무 가지마다 새겨놓은 그 흔적
지금도 안녕을 빌며 그대로 서 있을까
그믐달 우물에 띄워 마른 목을 축인다

잡은 손 놓칠까 봐 버텨온 넝쿨들이
별빛을 타고 올라 은하수 건너가고
불면의 밤을 밝히며 무지개를 그린다

웅크리다

가녀린 가지 끝에 앉아 있는 작은엄니
평생을 큰 나무 그늘에서 빛바랜 채
꽃잎도 열지 못하고 서성이던 그 모습

갈아 끼우며 살아온 시간들에 짓눌려서
그 무게 벗지 못해 굳어진 삶의 둔덕
웃자라 성긴 눈물만 촘촘하게 여울진다

작은 거인

드넓은 바다에서 혼자서도 끄떡없이
온몸으로 막아서는 믿음직한 기둥으로
묵묵히 맞서온 세월 동해 바다 지킨다

파도도 달려와서 주위를 막아서고
독도는 우리 땅, 하얀 깃발 내저으며
두 눈을 부릅뜨고 선 대한의 수호신

5부

캘리그라피

붓끝을
따라가면
그곳이 길이
된다
메마른 가지마다
꽃도 활짝 피우고
새들도
불러 모아
봄빛을
연주한다

캘리그래피

붓끝을 따라가면 그곳이 길이 된다

메마른 가지마다 꽃도 활짝 피우고

새들도 불러 모아서 봄빛을 연주한다

아우성

비 갠 바닥에서 지렁이가 꿈틀댄다
오체투지 주름살이 끌고 가는 몸부림
참았던 많은 말들이 밑줄로만 남았네

이산가족

코로나 시대에 다가갈 수 없어서

매미가 하루 종일 울음으로 배 채우며

아파트 창밖에 서서 방 안만 기웃댄다

평행선

마주 보며 걷고 있는 부부라는 인생길
맵고 짜고 달고 쓴 길 어깨에 둘러메고
간격을 맞추어가며 찾아가는 여정이다

손잡고 가야 할 길 허둥지둥 달려왔네
어긋나 맞지 않는 세월은 녹이 슬고
환승도 할 수 없는 역 창밖에서 스친다

꽃마루 등에 올라

꽃잎을 고무신에 그려 넣는 손길 따라
흑백의 시간들이 컬러로 피어난다
햇살이 내리비추니 발걸음은 가볍다

덧칠하는 붓 끝에서 사랑은 시작되고
화사한 꽃잎들이 목청을 가다듬어
발자국 닿는 곳마다 환호하는 봉우리

포클레인의 하루

땅 파고 메우느라 구슬땀 범벅이다
구부정한 허리 한번 곧추세울 틈도 없어
비탈진 귀퉁이에서 비스듬히 누워 있다

운전대에 기대어 식곤증에 조는 박 씨
코 고는 소리로 여전히 땅을 파고
생활고 높은 언덕도 단숨에 파헤친다

모기 닥터

한밤중 구급차 사이렌이 요란하다
다급한 환자 생겨 헌혈이 필요한가
눈뜨니 주사기 꽂은 흔적이 선명하다

유월의 비

전사한 오촌 아재 참배하고 오는 날
빗줄기 닦고 있는 와이퍼의 신음 소리
아무리 지우려 해도 통곡은 끝이 없네

도열한 장미꽃도 일제히 거수경례
온전히 고개 숙여 묵념하는 낙동강
칠곡의 다부동 전투 기억 속에 검붉다

아득히 멀어지는 그때를 몰고 온다
핏빛은 산화되어 짙푸르게 흘러가고
얼룩진 많은 날들을 씻어주며 내린다

유리창 연가

똑바로 가려 해도 편견이 등 떠밀어
세차게 맞으면서 사선으로 내리는 비
안쪽을 감싸 안으며 막아서는 어머니

재충전

비를 맞고 고개 숙인 울타리 붉은 장미
그만큼 세상살이 힘들었다 말하지만
다시금 햇살 받으며 꼿꼿하게 일어선다

숙어지다

구름마루 언덕길에 찔레꽃이 피었습니다
찬 이슬 머금은 채 다정하게 웃는 모습
바람이 어슬렁대자 옆에서 잡아주던

산기슭 대숲 속에 앉아 계신 부모님
하얀 등불 한 아름 안고서 가시던 길
그윽한 향기 머금고 내 발자국 따라옵니다

그렁한 눈빛에 길은 자꾸 앞을 가리고
그리움 한 잎 한 잎 뿌려놓은 꽃잎마다
숙어진 몸으로 서서 하염없이 바라봅니다

이팝꽃 바라보며

선잠 깬 어느 새벽 하현달에 비춰지는
이팝나무 가지마다 고봉밥이 흔들리고
배고파 잠 못 이루던 그 시절이 생각난다

들판에 깔려 있는 뙤약볕에 그을려서
고단함에 젖은 땀을 실바람에 날리던 일
이제 와 돌아보아도 또렷하게 번진다

허기진 소쩍새가 날개를 퍼덕이며
어둠을 밀어내며 밤새워 기다렸지
차려진 밥상 위에다 포만감을 얹는다

여서도 해녀

낫자루 손에 들고 뛰어드는 망망대해

마지막 해녀가 잡고 있는 생명줄

돌미역 건져 올리자 하루가 퍼덕인다

태극기를 읽다

고이 접힌 태극기를 조용히 펼쳐보니
우렁찬 만세 소리 생생하게 들려온다
기쁨이 벅차올라서 흘러가던 그 물결

광복 이후 시간들이 켜켜이 스며든다
선열들이 흘린 피 아직도 붉게 남아
그 뜻을 깊이 품으며 소중하게 안아본다

쾌청청

파도의 숨결 따라 일렁이는 오륙도
비단 폭 푸른 치마 마파람에 펄럭이고
조각난 뭉게구름도 말끔히 걷어낸다

가까워진 점 하나를 쫓아가는 맑은 날씨
제주도는 왼발이고 대마도는 오른발
갈매기 타전하는 말 대마도는 한국 땅

할미꽃

생전에 못다 한 일 꽃으로 피었는가
허리 펼 날 없었던 등이 굽은 울 엄니
굴곡진 삶의 이랑에 호미가 되었네

앓미꽃

생전에
못다 한 일
꽃으로
꽃피었는가

허리 꺾일날
없었던
들이끔을
울엄니

줄곧전
삶의 이랑에
호미가
되었네

꿈꾸는 언어와 꽃단장하는 생명

박진임 문학평론가·평택대 교수

> "내 어깨엔 견장을 달았네: 말이라는 이름의 견장."
>
> – 앙리 보스코Henri Bosco

1. 글쓰기, 그 존재 확인 증명

철학자 사르트르Jean Paul Sartre는 말했다. "인생에 있어서 우리는 우리의 욕망대로 행하지는 않는다. 그러나 우리는 우리의 상태에 대해서는 책임을 져야 한다. Dans la vie, on ne fait pas ce que l'on veut, mais on est responsable de ce que l'on est." 사르트르가 우리라고 일컬을 때, 그 우리는 일반적이고도 막연한 존재들을 말한다. 성별이나 계층 등과는 무관하게 이 세상에 나서 살아가는 모든 이를 지칭한다. 인류 모두가 그 주어 '우리'에 포함되는 것이다. 우리의 의도나 욕망과는 무관하게 주어진 것이 현실이고 우리는 선택의 여지도 없이 그 현실 속에서 살아간다. 그러나 이 세상에 존재하는 모든 개인들은 현재의 모든 일에 대해 조금씩 책임을 질 필요가 있다. 세상의 부조리와 모순에 대해서도 우리는 골고루 책임을 나누어 가질 수밖에 없는 것이고 타인의 고통에 대해서조차 함께 아파해야 할 일이다.

글을 쓴다는 일은 지금, 여기 주체가 머물고 있는 시공간에서 발생하는 모든 사건들에 대해서 책임지는 가장 솔직하고도 의미 있는 행위라 부를 수 있겠다. 글을 쓰기 위해서는 세상을 유심히 관찰해야 하고 지성과 상상력을 최대한 동원하여 사물과 사건을 해석해야 하고, 가장 적절한 어휘들을 선택하고 배치하여 효과적인 전언을 지닌 텍스트를 구현해야 한다. 한순간도 놓치는 일 없이 깨어 있는 자, 밤의 어둠 속에서 홀로 별을 바라보면서 번을 서는 파수꾼, 온 세상 사람들의 아픔과 슬픔을 속속들이 함께 느끼면서 공감과 재현을 업으로 삼는 이, 그를 일러 시인이라 부른다. 그러므로 글을 쓰는 일은 세상의 짐을 홀로 지고 가겠노라고 자처하는 일이라고도 볼 수 있다. 백지 앞에서 망설이고 머뭇대면서, 글을 쓰고 싶다는 욕망 앞에서 가슴 부풀다가도 곧바로 글쓰기의 고통 앞에서 좌절하면서 글쓰기를 유예하고 싶어 하는, 그 모순의 운명을 자원하는 이가 시인이라고 부를 수 있겠다.

「시어를 놓치고」는 김순분 시인이 그린 자화상의 텍스트로 읽을 수 있다. 창작이라는 불투명한 심연에 낚싯대를 드리운 낚시꾼의 모습으로 자신을 드러내며 불안정할 수밖에 없는 시인의 운명을 노래한다. 시인이 자신만의 언어로 스케치한 자화상을 살펴보자.

생각에 몰입하다 순식간에 빠져나간
언어들이 허공에서 물고기로 떠다닌다
잡으려 안간힘 써도 잡히지 않는 문장

창백한 지면에서 중심 잃은 낱말들
사방으로 흔들리며 멈출 곳을 찾지 못해
움츠린 가슴을 열어 생채기만 낚는다
　－「시어를 놓치고」전문

시적 소재와 주제, 그것은 아득하고도 뿌연 물속에서 유영하는 대상이다. 시인의 운명은 분절되지 않는 불분명한 경험과 기억 사이의 빈 공간을 헤엄쳐 다니면서 부유하는 것들에 다가가 손을 뻗치는 모습으로 나타난다. 글쓰기의 고통, 재현의 전 단계에 느끼는 절망감, 그리고 잡힐 듯하면서도 잡히지 않고 미끄러지면서 도망치는 언어들을 찾아 헤매는 시인의 모습을 텍스트에서 찾아볼 수 있다. 시인 자신이 스스로 헤엄치는 대신 언어로 하여금 헤엄쳐 다니게 하고 있다. 시어는 시인의 분신과도 같은 것, 시인은 강둑에 올라앉아 자신을 가장 잘 재현해 줄 시어를 낚으려 한다. 절실한 언어를 기다리는 낚시꾼의 이미지가 바로 시인 자신의 모습인 것이다. "잡으려 안간힘" 쓰는 이와 "잡히지 않"으려는 문장, 그 주체와 대상 사이의 끝없는 대결을 반복하는 것이 시인의 운명이리라.

결국 "생채기"만 건져 올릴 뿐인 것을 예감하는 것, 그러나 그럼에도 불구하고 안간힘 쓰기를 멈출 수 없는 것 또한 시인의 모습이리라. 그리고 마침내 시인은 영혼을 다 쏟아붓고도 상처만을 재확인하는 자신의 모습을 본다. 그처럼 애쓰고 좌절하면서도 낚시의 꿈을 버릴 수 없는 운명을 탄식한다. 「시어를 놓치고」는 글쓰기라는 시련의 직업을 적절한 은유로 심도 있게 재현한 텍스트로 읽힌다.

불투명하고 불확실한 것이 우리 삶의 모든 사건들의 본질이라 할 수 있다. 우리 삶의 경험들은 예고도 결말도 없이 일회성으로 주어진다. 들뢰즈Gilles Deleuze와 가타리Felix Guattari가 지적하듯 층위가 지어져 있지 않은 부드러운 공간에서 삶의 순간들이 생성되고 또 그렇게 사라져 가기 때문이다. 경계 지을 수 없는 숱한 시간들과 사건들은 기억 속에 부유하는 먼지처럼 떠돌고 있다. 그 한 점 먼지 같은 기억의 편린을 붙들어 이름을 부여하며 기술할 때, 지나간 경험의 일부는 사실로, 혹은 사건으로 확정된다. 기록된 사건이란 그러므로 언젠가는 부정될 수 있는 것이며 재기술을 향해 열려 있는 것이기도 하다. 하나의 사건은 기술하는 주체가 규정하기에 따라 복수적 사건으로 재탄생하곤 한다. 흘러간 시간의 막연한 사연들을 재현의 이름으로 텍스트에 확정하는 일, 창작이라는 이름의 그 작업은 그러므로 참으로 지난한 것일 수밖에 없다. 법정의 판사가 최종 판결문에 이르기까지 주어진 모든 증빙 자료들을 모두 검토하듯이 시인은 기억의 편린들을 불러 모아 그들 모두로 하여금 증언하게 한다. 스스로 변호하라고 주문한다. 그리고 마침내 심사숙고의 과정을 거쳐 일부만을 유의미한 것으로 채택하여 기록으로 전환한다. 그렇다면 글쓰기는 엄청난 권력의 행사이면서 동시에 무한한 책임을 요구하는 일이기도 하다. 감히, 함부로 행할 수 없는 권리가 글 쓰는 이의 권리이고 오래도록, 어쩌면 영원히 창작 주체와 분리될 수 없는 것이 그 기록물이기도 하다.

한편, 글쓰기는 아니 에르노Annie Ernaux가 말했듯 스스로 자신의 상처를 칼로 후벼 파는 일과도 같다. 김순분 시인이 생채기라고 표현한 아픈 경험들, 그 상실과 좌절의 기억들을 굳이 되새기며 글로 쓰려는 의지는 자신의 삶에 지극히 충실하려는 몸부림이라는 것을 알 수 있다. 망각의 늪에 던져버리지 않고 치열하게 그 기억과 대결하려는 일이다. 삶의 근원, 가장 밑바닥의 암흑 지대에까지 침강할 용기를 지닌 이만이 글을 쓸 수 있다. 김순분 시인은 「시어를 놓치고」에서 보듯, 쉽게 포착되지 않는 하나의 어휘를 찾아 헤매며 생채기가 덧나는 것을 두려워하지 않는다. 살아간다는 일, 그 값진 선물을 유심히 살펴보며 소중히 받든다. 인생의 시간대에서 과거로부터 현재에 이르기까지의 그 어느 순간도 무심히 통과하지 않은 듯하다. 그 시간대 위에서 전개되어 온, 무수히 얽혀 있는 사건들 사이의 모순과 충돌을 기억하면서 동시에 그 사이의 미묘한 조화를 함께 읽고 있는 이가 김순분 시인이다. 「책장을 깨우다」와 「칡넝쿨」은 김순분 시인이 스스로에게 다시 일깨워 주는 글쓰기의 의미를 주제로 삼은 텍스트이다.

지나온 흔적들을 간추려 꽂는다
집어넣고 끼우면서 밑줄 그은 내용들도
제목이 감싸 안으며 묵묵히 기다린 날

시집 한 권 뽑아 들고 침전물을 흔들면서
뿌옇게 번져가는 시인이란 이름 찾아
가슴에 접어두었던 모서리를 펼친다

시린 눈 참아가며 꽃 필 날 기다리며

흐릿해진 활자들을 돋보기로 당겨본다

밤새워 불 밝히면서 이어가는 새벽하늘

   －「책장을 깨우다」 전문

"시린 눈"과 "돋보기"가 현실 속의 시적 화자를 보여주고 있다면 "꽃 필 날"과 "새벽하늘"은 그 현실 너머, 시인의 상상력이 펼쳐지는 세상을 드러낸다. "지나온 흔적"에서 출발하여 "새벽하늘"이라는 어휘에서 종결되는 한 편의 텍스트 한가운데에 시인의 글쓰기가 놓여 있다. 현재의 암울함과 막연함을 배경으로 삼아 시인이 업으로 삼은 글쓰기의 의미가 도드라져 보인다. 김순분 시인의 중단 없는 모색 과정이 한결 돋보인다. 기록으로 기억을 재구성해 가는 그 역사役事를 거치면서 지나온 시간들이 새벽하늘 아래에서 다시 밝아지고 있음을 본다.

「칡넝쿨」에서도 시인의 자화상을 다시 발견할 수 있다. 세상의 질서에 저항하면서 자신만의 길을 가는 이의 삶을 찬양하고 있는데 그것은 곧 시인 자신의 모습에 다름 아니다. 왼쪽을 지시할 때 오른쪽으로 고개 돌리는 것이 칡넝쿨의 생리라고 노래한다. 강한 호소력을 지닌 인생 찬가로 들린다.

   왼쪽을 말하는데 오른쪽을 바라본다

꼬이면서 가다 보니 얼크러진 한길이다
세월이 오고 간 뒤에 도드라진 그 무늬

삶이라는 나무에다 온몸을 감아올려
세상을 바라보니 굵은 선만 뚜렷하다
강인한 생명력으로 우뚝 솟은 발자국
　　－「칡넝쿨」전문

　　시인의 눈에 칡넝쿨은 인생의 상징으로 다가온다. 꼬이고 얼크러지고 때로는 뒤틀리면서 그러나 끝내는 감아올리는 삶. 칡넝쿨의 이미지에는 인생살이의 여러 사연들이 투사되어 있음을 본다. 어려운 숙제처럼 주어진 삶이지만 좌충우돌하면서도 부단히 나아가야 한다고 시인은 노래한다. 멈추지만 않는다면 언젠가는 결국 어딘가에 이르러 있을 것이라고 이른다. 타고 오를 나무를 축으로 삼아 칡은 넝쿨을 벋어나간다. 나무는 고정되고 견고한 존재를 지시하는 반면 넝쿨은 가변적이고 유동적인 존재를 지칭한다. 나무를 감고 오를 것이면 온몸을 감아올리라고 이른다. 자신에게 주어진 일회성의 기회, 삶이라는 절대적 명제 앞에 망설임도 주저함도 없이 남김없이 온몸을 바치는 시인의 자세가 그 표현에 투사되어 있다. 감아올리면서 나아갔는데도 결국에는 선으로 남았다. 나무에다 감아올린 몸이 그 나무만큼 우뚝 솟은 존재가 되고 말았다. 꼬이고 얼크러지고 왼쪽 대신 오른쪽을 향해 갔음에도 불구하고 나무만큼이나 높이 올랐다. 그 칡넝쿨의 존재 방식이 오히려 뚜렷하고 굵은 선을 이루게 되었다. 그러니 삶이란 참으로 다양한 방식으로 풍요롭고 화려한 것이리라. "왼쪽을 말하는데 오른쪽을 바라본다"라는 난데없는 전언과 함께 시작된 한 편의 텍스트! 특이한 인생 찬가로 들릴 만한 노래이다. 굽어지고 휘어지면서만 삶을 유지할 수 있는, 이 세상의 모든 불우한 존재들에게 선사하는 격려의 노래로 들린다. 꼬이고 얼크러지더라도 중단 없이 나아갈 것이며, 곧게 선 나무를 떠나지 말 것이며, 반대 방향으로 가더라도 그조차 용기 있는 삶이라고 힘주어 외치는 연사의 목소리가 들린다.

2. 기억의 기록과 기록 속의 기억

글쓰기는 지나간 시간의 사연들을 비로소 의미 있는 사건들로 변형해 주는 힘을 지닌 것이다. 동시에 기록을 통해 확정된 과거는 다시금 글쓰기 주체의 삶이 나아갈 방향을 지시하는 구실을 맡기도 한다. 김순분 시인의 많은 시들을 이끌고 있는 것은 지나간 날들의 기억과 그 기억에 대한 몽상의 모티프들이다. 몽상이라는 어휘는 어쩌면 시의 가장 핵심적인 요소를 보여주는 것이라 할 수 있다. 시의 언어는 과학적이고 정합적인 것이 아니고 꿈과 몽상의 구조를 닮은 것이기 때문이다. 미국 시인 조리 그레이엄Jorie Graham은 다음과 같이 말한 바 있다. "시는 다른 서사가 줄 수 없는 것을 준다. 서사에서 나타나는 논리logic, 지속성continuity, 설명expositional의 투명성을 시는 요구하지 않는다. 꿈의 구조와도 유사한, 비논리성이 시의 본질이다." 시에서는 비논리적인 축약이 허용되고 꿈속에서 그러하듯 상호 무관한 사건의 편린들이 혼재되어 있다. 더 나아가 불가능해 보이는 비약도 시에서는 허여된다. 시와 몽상의 관계에 주목하면서 몽상의 존재 의미에 찬탄을 보낸 이는 프랑스 문학이론가 바슐라르Gaston Bachelard이다. 몽상에 대해 이해하기 위해서 바슐라르의 견해에 귀 기울여 보자. 바슐라르는 "몽상이라는 어휘 자체는 시적인 몽상에 형언할 수 없는 독특한 향기를 더해준다"라고 말한 바 있다. 문학의 여러 장르들 중에서도 시는 몽상의 장르이며 몽상은 시의 핵심적 요소들을 가장 잘 설명하는 것이다. 몽상, 즉 reverie 자체가 이미 한 편의 시라고 부를 수 있다. 그렇다면 시인의 역할이란 몽상으로 시를 쓰고 시를 통해 몽상을 확장해 가는 것이라 할 수 있다. 바슐라르는 지식만을 강조하는 문화 속에서 언어가 생각을 전달하는 도구로 전락하여 버렸다고 지적한다. 말이 정의되어 사전에 실리면서 언어 내부에 존재하는 몽환적 요소가 사라져 버렸다고 개탄한다.

　연구를 중시하는 우리 문화에서 사전에 수록되는 말들은 아주 정밀하게 정의되고, 재정의되고 극도로 편협한 의미를 지니게 되었다. 그 결과 말들은 사고를 위한 도구가 되고 말았다. 말의 내부에 놓여 있던 낭랑한 울림의 힘을 잃어버리고 말았다.

Words, in our scholarly cultures, have so often been defined, redefined and pigeonholed with so much precision in our dictionaries that they have truly become instruments of thought. They have lost their power for internal oneirism. (35면)

바슐라르의 말처럼 말은 한편으로는 사람들이 생각하는 바를 표현하기 위한 도구이지만 다른 한편으로는 그 자체로 이미 예술이다. 말은 사람들의 감정을 드러내고 영혼을 반영할 예술의 가능태이기도 하다. 그래서 바슐라르는 시인의 역할이란 그 잃어버린 말의 속성을 되찾는 것이라고 본다. 시인이야말로 그 잃어버린 몽상의 실 가닥을 찾아서 언어의 원래 모습을 복원해 나가는 존재라고 찬양한다. 바슐라르의 시학은 근원적으로는 성과 사랑의 열정에서 그 동력을 얻어 쓴 텍스트라 볼 수 있다.

프랑스어가 지니고 있는 어휘들의 남성형과 여성형에 그토록 유념하면서 프랑스 작가들이 텍스트에 구현한 남성형 어휘들과 여성형 어휘들을 치밀하게 분석하고 있는 것도 그런 이유에서이다. 바슐라르는 남성형 명사와 여성형 명사들이 교대로 등장하면서 조화를 이룰 때 텍스트가 가장 아름다워진다는 것을 보여준다. 상반되는 속성을 지닌 말들의 조화로운 결합 속에서 독자가 진정한 행복감과 평화로움을 느끼게 된다고 보기 때문이다.

그렇다면 우리말의 경우에는 어떠할까? 우리말에서 시적인 언어란 과연 어떤 것일까? 발생에서부터 남성형, 여성형을 부여받는 프랑스어 어휘와는 달리 우리말에서는 어휘들을 두 갈래로 나눌 수 있는 준거를 찾기 어렵다. 그러나 시의 언어가 불러오는 효과를 생각해 보면 어휘들을 분류해 볼 수 있겠다. 한자어, 관념어와 그에 대립하는 순우리말, 그 양자 사이에서는 후자가 시어로 보다 쉽게 채택된다. 소리 내어 읽을 때 거칠고 무디게 느껴지는 파열음 음절들이 있다. 그리고 그에 맞서는 부드럽고 낭랑한 울림을 주는 비음 음절을 지닌 말도 있다. 그중에서도 후자가 보다 시적으로 들린다. 영랑의 '에메랄드빛 하늘' 구절이나 조지훈의 「승무」 한 구절인 "파르라니 깎은 머리 박사 고깔에 감추오고"를 우리는 즐겨 외곤 한다. 아마도 그 시어들이 내는 소리가 맑고 고와서일 것이다. 이영도 시인의

"연련히 꿈도 설워라" 구절도 그러하다. 유치환의 「향수」를 낭송하면 느끼게 되는 묘한 조화로움도 남성적인 말들과 여성적인 말들이 적절히 조화를 이루기 때문일 터이다. 이를테면 "나는 영락한 고독의 까마귀" 구절이나 '치운 가로수 밑의 병든 흑노처럼'에서 느껴지는 고독감이 "창파에 씻긴 조약돌 같은 색시의 마음은/ 갈매기 울음에 수심 져 있나니" 구절에 이르러 상쇄되기 때문일 것이다.

조화로워 더욱 울림이 강한 말을 골라 텍스트로 엮어가는 우리 시의 전통을 이어나가며 김순분 시인은 우리말의 덤불을 헤매는 모습을 보여준다. 시어가 될 만한 여리고 순한 말들을 찾아 나선다. 맑고 부드러운 음가를 지닌 말, 소리 내어 읊조리면 그 뜻조차 향기로운 말, 그리고 시인의 몽상이 펼쳐지는 공간에 숨어 있다가 호명하면 달려와 그 향기와 그림자를 그대로 선물하는 말, 문득 나타났다가는 사라져 버렸는데 아스라이 흔적을 남겨둔 말……. 그처럼 몽상에서 발원하여 먼 길을 거쳐 다시 몽상으로 돌아오는 긴 여로의 자국이 한 편의 시적 텍스트로 남는 것을 볼 수 있다. 「봄을 만나다」를 보자.

발신자를 몰라서 전화를 끊으려다
육십 년을 뛰어넘은 친구를 만난다
반가워 벅찬 가슴이 넘나드는 둔덕에서

우리만이 알 수 있는 끊임없는 이야기가

풀숲을 뒤적거려 봄나물을 찾아내듯

추억의 새싹을 캐는 하얀 머리 소녀들

　 –「봄을 만나다」 전문

　반갑다, 벅차다, 끊임없는 이야기……. 추억 속의 인물들과 연결되면서 시인의 몽상은 시작된다. 60년의 세월을 순식간에 뛰어넘는, 그 시간적 도약 위의 사건이 '반갑다'와 '벅차다' 형용사를 통해 드러나고 있음에 주목해 보자. 목적도 없고 핑계도 없이 만남은 이루어진다. 그 추억, 우정, 친구의 모티프를 위하여 시인의 몽상은 더욱 확장된다. 한껏 푸른 색감의 들판 이미지가 전개되면서 시적 화자와 그를 호명한 대상이 나란히 그리고 가뿐히 그 들판 위에 떠오르는 것을 볼 수 있다. 둔덕, 풀숲, 봄나물, 새싹의 이미지가 일관되면서도 정합적으로 등장하고 있다. 추억의 색깔을 초록 색깔 공기와 바람 속에 새롭게 그려보게 한다. 들판과 새싹으로 매개된 푸른 공간이 배경의 역할을 담당하고 있어 텍스트의 종결 부분에 등장하는 소녀들의 이미지가 효과적으로 완성된다. 소녀와 봄 들판, 그리고 봄나물은 짝을 이루기 좋은 요소들이다. 60년 세월의 강을 건너온 소녀들이기에 "하얀 머리 소녀들"이다. 소녀들이라는 시어가

지닌 젊음과 가능성, 순수의 이미지가 "하얀 머리"와 어울려도 낯설지 않고 자연스럽기만 하다. 텍스트의 시적 장치들이 서로 정치하게 맞물리면서 충분한 몽상의 물결을 구성하고 있기 때문이다. 몽상은 무한한 변환의 힘을 지니고 있다. 한없이 부드럽고 유동적인 음가를 지닌 어휘들이 빚어내는 현악 협주곡 같은 텍스트 속에서 60년 세월의 경계는 이미 사라져 버린 듯하다. 바슐라르는 발자크Balzac, H. de의 소설에 나열된 꽃의 이름들은 꽃 그 자체와 다르지 않다고 언급한 바 있다. 그래서 그는 발자크를 언어로 꿈꾸는 자라고 불렀다. "발자크는 언어로 꿈꾸는 자이다. 꽃다발이란 꽃들의 이름 다발에 다름 아닌 것이다. Balzac is a word dreamer. The bouquets of flowers are bouquets of names of flowers.(43)" 바슐라르가 지적하듯 시인이 구성한 언어의 꽃다발은 이미 탁상 위의 꽃다발 그 자체이다. 그렇다면 바슐라르의 말을 빌려「봄을 만나다」를 다시 읽어보면 다음과 같이 서술해 볼 수 있겠다.

김순분 시인의「봄을 만나다」시편에서 계절은 이미 봄이다. 둔덕에는 벅찬 가슴이 넘나들고 소녀들은 풀숲을 뒤지며 봄나물을 캐고 있다. 그 소녀들은 60년 세월을 건너와 하얀 머리 더욱 고와 보인다. 따뜻한 봄 공기 속에서 그녀들, 영원한 소녀들이 새싹을 캐고 있다.

김순분 시인이 그리는 몽상의 세계 속에서 물리적 시간은 무의미하다. 몽상은 물리적 시간의 흐름을 멈추기도 하고 우리로 하여금 현재로부터 벗어나 과거로 되돌아가게 만들기도 한다. 공간이 휘어져 있어 부드럽고 층지지 않은 것이라면 그 공간에서는 시간이 그렇게 흐를 수 있기 때문이다. 기억을 공유한 이들만이 알아볼 수 있는 배타적인 시공간, 그들에게만 입장이 허여되는 비밀스러운 세월의 공동空洞을 그려볼 수 있다. 그곳에는 오직 새싹처럼 여리고 싱싱하며 생명력 넘치는 것들만이 가득 들어차 있을 것이다. 그리하여 그곳은 진정, "우리만이 알 수 있는 끊임없는 이야기"의 공간이 아닐 수 없을 것이다.

시인의 몽상은 끊이지 않고 전개되면서 자신을 떠나 사라져 간 모든 대상들을 재소환한다. 시인의 기억이 세상 떠난 아버지에 대한 추억으로 이어지는 장면을 보자.

댓돌 위에 쏟아지는 빗줄기가 세차다
스멀대는 기억들이 이리저리 휘날리며
아버지 큰 기침 소리 장대처럼 일어선다

열두 식구 신발을 가지런히 놓으시며
아직도 그곳에서 등이 굽은 모습으로

묵직한 날들을 밟고 바닥에 서 계신다

　－「디딤돌」 전문

　아버지를 향한 기억에서는 아버지의 이미지에 부합하는 강
직하고 그래서 남성적인 속성을 지닌 어휘들을 주로 동원하고
있는 것을 볼 수 있다. 몽상은 대체로 유동적이며 여성적인 성
격을 지닌 채 전개되는 것이라 볼 수 있지만 아버지를 기억하
는 말들을 위해서 낭랑한 음가를 지닌 여성적 어휘들은 텍스
트의 바깥으로 물러나 있는 듯하다. 댓돌, 빗줄기, 세차다, 장
대, 디딤돌 등의 어휘들은 견고한 물질성을 담보하고 있는 말
이다. "스멀대는 기억들이 이리저리 휘날리며" 구절을 읽을 때
에는 그 견고한 이미지들이 순간적으로 멈추며 몽상의 본질을
감지하게 한다. 비가 내리는데 그 비는 단단한 댓돌 위에 세찬
줄기로 쏟아진다. 온화한 기운을 느끼기 어렵게 만드는 방식으
로 텍스트는 시작된다. 그러나 곧 기억이 틈입하면서 그 기억
의 조각들은 휘날리고 있어 시적 화자의 기억이 세찬 빗줄기가
상징하는 바와 같이 단선적이고 명료한 것이기 어렵다는 것을
보여준다. 뒤를 이어 종장에서는 기억의 틈입이 열어준 공간
을 통하여 아버지의 기침 소리가 등장하는 것을 볼 수 있다. 초
장에 도입된 빗줄기가 장대비를 연상하게 한 것과 짝을 이루어
아버지의 기침 소리도 장대처럼 일어서게 한다. 그렇게 이미지

의 정합성을 이루어낸다. 첫 수에서 비의 이미지를 따라 등장한 것이 아버지의 기침 소리라는 청각적 요소였음에 반하여 둘째 수에서는 시각적 요소가 제시되면서 아버지에 대한 기억이 완성됨을 볼 수 있다. "등이 굽은 모습으로"에서 집약적으로 나타나듯이 아버지는 시적 화자의 기억 속에서 여전히 식구들의 신발을 가지런히 놓고 있다. 그러느라 구부린 등의 이미지가 중장을 이끌며 아버지는 평생 등이 굽은 모습으로 식구들을 부양해 왔다는 것을 강조한다. 비가 댓돌 위에 내리고 있다는 텍스트의 도입 장면은 텍스트의 종결 부분에서의 "묵직한 날들"의 등장을 참으로 자연스럽고도 당연하게 만든다. 몽상과 기억의 텍스트를 빚으면서도 이미지의 정합성을 정확히 이루어내고 있는 것이다.

3. 다시 찾은 목도장과 꽃단장하는 몸

시를 쓰는 시간 동안 김순분 시인의 상상력은 과거를 향해 전진한다. 오랫동안 눈에 뜨이지 않던 사물들이 시인의 호명에 머리를 들고 일어서며 화답한다. 잊힌 모든 존재들, 옛 친구는 물론이고 이제는 효용이 사라져 버린 듯한 사물들조차 시인의 몽상 속에서 전개되는 무도회에 갈 준비를 한다. 각자가 지닌 소중한 기억들을 앞세우며 새로이 단장하고 나선다. 신데렐라 이야기의 요술 할머니는 마술봉을 휘둘러 생쥐를 말로 바꾸고 호박을 마차로 바꾸는데 김순분 시인은 단지 그 대상들로 하여금 원래 지니고 있던 모습과 색채를 되찾게 해줄 뿐이다. 그리고 그처럼 사물들조차 갱생하는 곳에서 우리 삶은 더욱 형형색색으로 아름다울 것이다. 모두가 오랜 잠에서 깨어나 묵은 먼지를 털고 머리 드는 곳에 햇살은 더욱 찬란하게 빛날 것이다.

장롱 속 오래된 이름 하나 불러보니
화려했던 지난날 회상하며 누워 있네
아무도 찾지 않아서 기척 없이 있었다고

세상 밖 나와 보니 무뎌진 얼굴 윤곽
다시금 손질하니 옛 모습 살아나네
꽃단장 빨간 입술로 새 출발을 준비한다
–「다시 찾은 목도장」전문

　도장, 그것도 나무로 만든 목도장은 이제는 도통 쓸모가 없어진 모든 것들을 통칭하는 이름이다. 지금은 비대면의 시대, 전자 문서가 종이 문서를 대체하고 전자 서명이 목도장을 대신한다. '푸른 하늘 은하수 하얀 쪽배'를 노래할 아이들조차 사라져 가고 있는 시대이다. 가상공간은 늘어나면서 막상 상상력은 사라지고 있는 것이 우리의 현실이다. 그렇다면 목도장은 현대가 상실한 모든 것들의 표상이라 할 수 있다. 다시 찾은 목도장은 망자의 유품들을 불더미에 던져 넣는 의례에 대한 시적 화자의 저항을 상징한다고 보아야 한다. 시적 화자는 한사코 그 기억을 부여안고 소중한 지난 시간을 기리고자 한다. 그런 애틋한 마음이 목도장에 다시 인주를 묻혀보는 일로 드러나 있다. 어쩔 수 없이 떠나갈 수밖에 없는 운명을 지녔다는 것을 알면서도 그래도 그의 마지막 순간을 아름답게 장식하려는 마음을 볼 수 있다. 소멸할 운명 앞에서조차 그 대상을 소중히 여기고 그리워하는 것은 오래 우리와 함께했던 것들에 대한 작은 예의의 표현이 될 것이다. 목도장은 단지 지난 시절 우리 삶의 소중한 한 부분을 담당했던 사물만을 지칭하는 것 같지 않다. 이제는 몸도 정신도 쇠약해져 요양 시설에서 시간을 보내고 있는 이 땅의 무수한 사람들의 모습이 그 목도장 이미지에 겹쳐 보인다. 그들 또한 오래된 이름이며 화려한 지난날을 지닌 이들이며 아무도 찾지 않는 곳에 누워 있을 것이다. 그 얼굴의 윤곽도 목도장만큼이나 무뎌진 채일 것이다. 목도장에 인주 묻히며 새 출발을 기원하는 마음은 그들에게도 꽃단장 빨간 입술을 되돌려 주고 싶어 하는 시적 화자의 소망이기도 할 것이다. 그것이 결국 우리 모두의 운명일 것임을 알고 있기에 더욱 그러할 것이다. 목도장의 발견에서 발원한, 과거의 시간대에 대한 몽상은 서랍 속에 모여 있는 소품들과 만나면서 계속되는 것을 볼 수 있다.

잃어버린 열쇠 하나 찾으려고 열어보니
멀뚱멀뚱 쳐다보며 옹기종기 모인 것들
찾던 손 잠시 멈추고 옛 기억을 더듬네

손때 묻은 동전 지갑 흐릿해진 돋보기
하나씩 들춰보며 지나온 길 따라가니
비우고 쓸어 담았던 시간들이 숨 쉬네

한 칸쯤 비워내고 내일을 담아볼까
신선한 공기 한 줌 골고루 섞으면서
수북이 정을 담아서 차곡차곡 간추리네
　－「서랍」전문

열쇠, 동전 지갑, 그리고 돋보기는 시인이 스쳐 온 과거의 시간대를 증언하는 대상들이다. 그 사물들을 하나씩 들춰보는 일은 지나온 길을 따라가 보는 것에 다름 아니다. 결국은 흘러가 버린 시간들을 그 길에서 만나게 되는 것이라고 시인은 노래한다. 서랍은 과거에 시인의 삶을 지켜주었던 것들이 기억의 이름으로 "옹기종기" 모여 있는 공간이다. 그러므로 서랍을 여는 일은 시인에게 있어서는 몽상 속으로 뛰어드는 일이 되는 것이다. 과거로부터 현재에 이르기까지 시인을 동반해 온 시간의 물길은 곧 미래로 흘러 들어갈 것인데 시인은 그 서랍이 형성해 내는 몽상의 공간 일부를 미래를 위하여 비워두기로 결심한다. 아직은 더 힘차게 살아가야 할 시간이고 삶의 소망도 열정도 한결같다고 시인은 노래하고 있는 것이다. 시인의 서랍이 무엇으로 채워지게 될지 독자는 궁금하다. 시인이 서랍을 차곡차곡 간추리는 모습은 「웅크리다」에서 다시 발견된다. 서랍 속의 사물들처럼 옹기종기 모여 있는 기억의 조각들 사이를 더듬으며 시인이 찾아내는 한 여인의 모습을 보자. 작은엄니로 지칭되는 한 여인의 삶에 대한 기억이 가려진 듯 묻힌 듯 아련히 남아 있다.

가녀린 가지 끝에 앉아 있는 작은엄니
평생을 큰 나무 그늘에서 빛바랜 채
꽃잎도 열지 못하고 서성이던 그 모습

갈아 끼우며 살아온 시간들에 짓눌려서
그 무게 벗지 못해 굳어진 삶의 둔덕

웃자란 성긴 눈물만 촘촘하게 여울진다
    -「웅크리다」전문

  우리말 '작은어머니'의 의미는 두 겹이다. 그러나 텍스트의 정조를 통해 "작은엄니"는 정실의 지위를 얻지 못한 채 살아야 했던 그늘 속의 삶, 그 주인공이라는 것을 알 수 있다. "평생을 큰 나무 그늘에서 빛바"랬다는 구절이 특히 그러하다. "꽃잎도 열지 못하고"와 "가녀린 가지 끝에 앉아 있는" 꽃송이가 평생 자신을 주장해 볼 길이 없었던 여인의 삶을 대변한다. 무게에 눌리고 휘어진 삶, 그리고 가녀린 가지 끝에 앉은 봉오리……. 김순분 시인이 평생 곱게 기억 속에 간직하고 있었던 한 생애가 고운 시어 속에 화석처럼 남는다. 화석, 사라지지 않는 기억의 다른 이름!

  기억이 과거라는 시간과 그 시간 속에 전개된 사건들을 필수요건으로 요청한다면 현재라는 시간은 미래의 기억과 몽상을 위한 것일 수도 있겠다. 어제의 사연을 오늘 몽상 속에서 다시 떠올리면서 사는 것이 우리 삶이듯 오늘의 몽상이란 내일의 기억을 위한 준비물일 수 있겠다. 목도장에도 연지를 다시 바르며 그 대상조차 꽃 입술을 되찾게 하듯이 시인은 자신의 삶에서도 끊임없이 새로운 길을 찾는 모습을 보여준다. 익숙해진다는 것은 낡아간다는 것일진대 김순분 시인은 세월을 따라 그저

사위어가기만 하는 것을 허락하지 않는다. 삶의 모든 장면들에서 발견되는 작은 일들조차 세심하게 살피면서 지혜를 찾는다. 지쳐가는 몸을 보살피고 아픈 몸을 치유해 가면서 삶의 자세를 다시 가다듬는 시도를 보여주는 텍스트들을 살펴보자.

물길이 막힌 걸까 봇도랑을 살피다가
혈압계에 팔을 넣고 초조하게 기다린다
빨간불 깜박거리며 울리는 경고등

뜻대로 되지 않아 안달하던 많은 날들
메마른 채 팽개쳐진 맹지는 없었는지
지난 일 되짚으면서 사각지대 살펴본다

금이 간 바닥을 만지고 달래가며
알찬 열매 맺기를 바라는 마음으로
발 디딜 틈이 없어도 내가 길을 열고 간다
  ─「물꼬를 점검하다」전문

시인은 농부의 마음으로 자신의 육체를 응시하고 있다. 논에 물을 대어주어야 촉촉한 물기를 끌어당기며 벼가 무성하게 자라나고 가을이면 튼실한 알곡을 맺을 수 있을 터이다. 물길이 막히면 땅은 메마르고 땅바닥에는 금이 가게 마련일 터이다. 논이 메마르지 않도록, 어느 땅 한 조각도 사각지대가 되지 않도록, 무심히 내팽개쳐져 맹지가 되는 곳이 없도록 세심히 땅을 보살펴 온 농부의 눈길이 시적 화자 자신의 몸을 향하고 있음을 볼 수 있다. 혈압계라는 한 단어만을 육체의 상징으로 남겨두고 나머지는 모두 생략해 버린 채 시인은 여전히 농부의 마음만을 노래하고 있다. "지난 일 되짚으면서" 구절에 이르면 시적 화자가 이제야 비로소 지난 시간 동안 자신을 위해 쉬지 않고 일해온 육체를 되돌아보고 있음을 알 수 있다. 논에 물을 대지 못해 바닥에 금 간 곳이 없나 살피듯이 노화해 가는 육체를 비로소 돌보며 달래주고 있는 것을 알 수 있다. "내가 길을 열고 간다"의 시적 종결에 이르면 여전히 삶을 충분히 긍정하고 있는 시인의 모습을 다시 확인할 수 있다. 논의 물길을 살피듯 몸의 물길도 살피어 혹 막힌 곳이 생기면 스스로 열어가겠노라는 의지를 보여준다. 미리 준비한 채 몸의 노화에 적응하는 인생이야 없을 것이다. 모든 변화를 자연스럽게 받아들이고 긍정하면서 삶의 모든 단계에서 새롭게 몽상을 시작할 수 있다면 그것이야말로 참으로 바람직한 삶의 모습이겠다. 그렇다면 몸이 잘 기능할 수 있도록 살피고 달래는 일, 더 나아가 그 몸을 꽃단장하는 일이란 어쩌면 일회성의 삶을 가장 성실하게 살아가는 길일 수도 있겠다.

그처럼 변화에 순응하고 삶의 모든 순간들을 긍정하는 시인은 세상의 모든 생명들 또한 동정심 가득한 눈길로 바라본다. 목숨 가진 모든 존재는 각자 온 힘을 다해 살아가려고 몸부림치고 있다. 존재와 생명에 대한 철학적 명상을 보여주기 위하여 김순분 시인은 지렁이 한 마리를 동원한다. 지렁이가 온 힘을 다해 꿈틀거리며 땅 위를 기어가는 모습을 보면서 '아우성'을 연상하고 있다. 자신의 삶을 치열하게 영위하면서 그 존재 의미를 주장하고 있는 한 생명체의 절규를 시인이 듣고 있는 것이다. 「아우성」, 그 기발한 텍스트를 보자.

비 갠 바닥에서 지렁이가 꿈틀댄다
오체투지 주름살이 끌고 가는 몸부림
참았던 많은 말들이 밑줄로만 남았네
　－「아우성」전문

일상의 사소한 사연들을 하나도 놓치지 않고 시적 소재로 전환하는 김순분 시인의 감각이 드러나 돋보이는 또 하나의 텍스트로 「이산가족」을 들 수 있다.

코로나 시대에 다가갈 수 없어서

매미가 하루 종일 울음으로 배 채우며

아파트 창밖에 서서 방 안만 기웃댄다
　　－「이산가족」 전문

　아파트 베란다 유리창에 몸을 붙인 채 안을 들여다보면서 귀
가 아프도록 울어대고 있는 매미의 모습에서 코로나 역병의 시
대를 견디는 우리의 모습을 본다. 그리운 가족들을 유리창 너
머로만 들여다보아야 하는 이 시대의 새로운 이산가족 모습을
보게 된다. 신선하면서도 기발한 상상력의 발현 장면이 아닐
수 없다. 그러나 그 상상력의 전개에 찬탄을 보내면서 마냥 즐
거워할 수도 없다. 매미 우는 모습은 비참한 우리 현실을 너무
나 생생하게 그리고 있기 때문이다. 예고 없이 들이닥친 역병
앞에서 무력하기 짝이 없는 우리들의 모습을 직시하면서 새삼
스레 다시 놀라게 된다.

4. 숨 가빠라, 하늘과 땅이 합창하네

　김순분 시인의 시어들은 '그럼에도 불구하고'라는 부사구를
떠올리게 한다. 막연하여 아득한 현실을 보여주면서 결코 물러

서지 않는 삶의 자세를 보여준다. 시인의 기억과 몽상은 과거의 시간들을 아름다운 빛깔로 간직하고 있는 시어들을 만나면서 새롭게 기록되고 시인의 열정적인 삶의 자세는 현재의 모든 순간들을 치열한 자세로 마주치게 한다. 기억 속의 사물들과 인물들이 현재성의 의미로 다시 해석되는가 하면 다시 그 시간의 연결 고리들은 오지 않은 '내일'의 일들을 경건하고도 설레는 마음으로 기대하게 한다. 봄은 봄꽃을 연서처럼 품고 와서 반갑고 가을은 오랜 인고의 시간들이 알곡으로 여물어 보람되다. 「바람 우체부」와 「가을걷이」를 보자.

> 벚꽃 잎이 하늘하늘 떨어지는 봄날에
> 수취 불명 편지들이 넋 놓고 앉았는데
> 바람이 페달 밟으며 전해주는 연서들
> ─「바람 우체부」 전문

> 잎새가 떠난 뒤에 들어앉은 발자국
> 그늘을 들추면서 조율하는 산들바람
> 뙤약볕 갈채 속에서 풍년가를 부른다

> 떫은맛도 익히면서 달달하게 바꾼 손길
> 차곡차곡 쌓아 올린 날들이 영글어서

낟가리 사이사이에 웃음소리 탱탱하다
　　　－「가을걷이」전문

봄바람에 지는 꽃이 반가운 연서라면 생명과 사랑으로 충만
한 봄의 정서는 장산계곡에 이르러 한껏 증폭되는 것을 볼 수
있다. 「장산계곡의 봄」에서는 약동하는 계절의 생명력이 폭죽
처럼 터져 나와 텍스트를 가득 채운다. 계곡을 가득 채우고 흘
러넘치는 봄의 기운은 자연 속의 힘찬 합창 소리로 들린다.

　　개울가 버들개지 게슴츠레 눈 비비고
　　잠자는 피라미들 흔들어 깨우면서
　　물소리 담아내려고 닫힌 마음 허문다

　　무뚝뚝한 바위들은 침묵으로 시를 쓰고
　　푸른 천 펼쳐놓고 봄을 깁는 소나무들
　　봉우리 눈앞에 두고 발걸음만 더디다
　　　－「장산계곡의 봄」전문

장산계곡에 봄이 오면 버들개지는 눈 비비는 아이의 모습으
로 노래하고 물속의 피라미들도 버들개지 따라 깨어난다. 그런
봄날이면 소나무들은 하루가 다르게 푸른 잎을 밀어 올려 어제

의 풍경이 오늘 아침이면 사라지고 없다. 조금씩 더해가는 신록의 기운을 두고 시인은 소나무들이 한 땀 한 땀 계절을 깁고 있다고 노래한다. 솔잎이 한 치 한 치 자라나는 양태란 과연 박음질의 한 땀 한 땀 같겠다. 그처럼 단단하면서도 야무진 바느질이라 다 깁고 나면 사위는 푸른 장막에 둘러싸인 듯하겠다. 그런 봄날이면 바위들도 시를 쓴다고 시인은 노래한다. 바위의 침묵조차 바위의 방식으로 쓰는 한 편의 시에 다름 아니라고 우리에게 알려준다.

김순분 시인이 지닌 삶에 대한 무한한 긍정의 자세 앞에서는 우리 삶을 구성하는 무수한 이항 대립적 분류와 경계조차 속절없이 무너진다.

아침마다 들려오는 까마귀 우는 소리
오늘의 스케줄을 큰 소리로 읽어주며
특별한 목록도 없이 관심만 끌고 있다

헝클어진 날들을 간추릴 때 되었다고
장마가 지나간 뒤 이곳저곳 가리키며
책장을 넘겨가면서 훈수까지 두고 있다
-「까마귀의 지침서」 전문

선과 악, 길과 흉, 미와 추의 경계가 사라지는 곳에서 시인은 까마귀가 울어도 개의치 않고 즐거운 노래를 부른다. 까치는 길조이며 까마귀는 흉조라는 우리 문화 전통 속의 편견들조차 저만치 물러선다. 까마귀 울음소리조차 마음에 꺼림칙한 기운을 불러일으키지 못한다. 하루치의 삶을 알려주고 훈수 두는 오지랖 넓은 벗이 성가시게 또 찾아온 듯, 한편으론 무심한 듯 다른 한편으론 맞장구치듯 시인은 자신만의 방식으로 새 노래를 부르고 있는 것이다.

그래서 시인은 우주에 가득한 합창 소리를 듣고 있는 듯하다. 하늘도 노래하고 땅도 함께 노래하는, 이 자연 속의 거대한 합창단을 자신의 시 세계로 삼고 있다. 바닷가 몽돌이 파도에 쓸리고 씻기며 내는 소리들이 그 합창 소리의 일부임은 말할 것도 없다.

수억 년을 한결같이 온몸으로 돌려 막고
모난 부분 깎아가며 둥글어진 집성촌
서로를 추켜세우며 응원가를 부른다

슬픔도 짠 내음도 물보라로 걷어내고
밀물과 썰물에다 비벼온 세월 앞에
파도도 맞장구치며 불러보는 그 노래

－「몽돌 가족」전문

밀물에도 노래하고 썰물에도 노래한다. 물보라가 일어도 모난 데를 깎이어도 한결같이 노래를 부르며 한 세월 보내고 나니 몽돌이 되어 남았다. 수억 년을 온몸으로……. 혼자 돌아앉아 외로이 부르는 노래가 아니다. 너도 나도 없이 모두가 동글동글 몽돌이 되었으니 그들은 과연 몽돌 가족이라 부를 만하다. 가족에 머물지 않고 "집성촌"을 이루었다. 서로가 서로에게 삼촌이거나 조카이거나 아주머니이거나 아저씨이거나……. 그렇게 서로 추켜세우고 함께 얼려 노래한다. 가만히 들어보자, 귀 기울여 들어보자! 김순분 시인의 텍스트에 담긴 하늘과 땅의 합창, 그 숨찬 노래가 널리 울려 퍼지고 있다.

참고한 글
Bachelard, Gaston. *The Poetics of Reverie* Beacon Press, Boston

내 안부를 내게 묻는다

—

초판 1쇄 2023년 7월 17일
지은이 김순분
펴낸이 김영재
펴낸곳 책만드는집

—

주소 서울 마포구 양화로3길 99, 4층 (04022)
전화 3142-1585·6
팩스 336-8908
전자우편 chaekjip@naver.com
출판등록 1994년 1월 13일 제10-927호
ⓒ 김순분, 2023

—

* 이 책의 판권은 저작권자와 책만드는집에 있습니다.
   이 책 내용의 전부 또는 일부를 재사용하려면 양측의 동의를 받아야 합니다.
* 잘못 만들어진 책은 구입하신 서점에서 바꾸어 드립니다.

ISBN 978-89-7944-840-5 (04810)
ISBN 978-89-7944-354-7 (세트)